장날

책 만 드 는 집
시인선 251

장 날

정현의 시집

책만드는집

산을 바라볼 나이에
늦깎이로 시작한 시詩가 쌓여
또 한 권의 부끄러운 시집을 엮는다.

더러는 경험으로 터득한 지혜,
자연의 섭리에 순응하며 꽃과 햇살과
바람 소리에 글감을 얻은 것이 자양분이 되었다.

맛깔스러운 작품은 아니지만 그럼에도
시가 품고 있는 목가적인 의미를 공유하고
또 한편 작은 위로가 되었으면 하는 바람이다.

2024년 가을 녘에
草芥 정현의

| 차례 |

3부　가을 산경

6부   빼앗긴 둥지

1부

장날

해돋이

묵은 먼지를 털어내듯 벽두에
정결한 마음으로 찬미의 새해 첫날을
맞는 것은 성스러운 일이다
올해에는 해돋이를 어디
그리운 성산포에서 맞이할까?
신이 내린 일출봉 전망대에 오르면
멀리 해원에서 옷깃을 여미는
싸한 한기에 매운 추위를 느끼지만
수평선 너머로 이윽고 햇귀가 불끈
솟구쳐 오르는 그때,
굳은 심지로 한 해의 소망을 빌어본다
긴 하루를 보내고 해 지는 낙조를 바라보며
어제의 후회되고 버거운 일
서녘 하늘로 훨훨 날려버리고
가히 거룩한 새날을 따스하게 맞으리
그런 다음 새로운 마음으로 오늘보다
내일을 기약하며 나한테 주어진 길을
겸허히 따르리라

떠돌이 장돌뱅이

오일장이 열리는 날
으레 나타나는 떠돌이 장돌뱅이
흘러가는 뜬구름에 몸을 싣고 엿가락
장단으로 장터가 떠나갈 듯 흥을 돋운다

어쩌다 장사가 잘되는 날엔
기분에 따라 품바타령, 장타령, 육자배기를
신명 나게 읊어대고 흥에 추임새를 넣어가며
발장단에 더덩실 춤을 추며 제 맘대로
인심을 써댄다

객을 부르는 걸쭉한 소리에는
억척같이 살아야 하는 제 삶에 신세타령인 양
설움이 처절히 배어 있다

북적이던 장터가 파장이라도 하는 때에는
한 그릇의 국밥으로 늦은 밥술을 뜨고

기다림을 앞세우고 행상들 틈에 끼여 곧장
또 다른 장터로 허둥지둥 떠나야 한다

생의 무게로 질끈 동여맨 봇짐 꾸러미는
왜 그리 추레하게 보이던지…

이윽고 저문 빛 그림자와 함께 떠나는
쓸쓸한 장돌뱅이의 뒷모습을 보노라니 그저
측은하고 안쓰러울 뿐이다

달무리

여태껏 본 것과 다른
어스름한 저녁 산허리에 반쯤 걸터앉은
선연한 달무리를 보았다

화환花環같이 둥근 달무리를 보면
한 사나흘 뒤에는 어쩌면 비를 데려온다는
분분한 설이 있던데…

멀쩡하던 하늘이 한바탕 바람이 일고
청개구리 울어 예며 또 한편 예사롭지 않게
음산해지면서 돌연 먹구름이 몰려드는 게
아무래도 곧 비가 올 것 같다

울 엄니 노심초사 애가 탄 마음으로 대뜸
"애야, 먼 데 가려거든 우산 챙겨 가라" 하신다

예기치 않게 여우비라도 오고

그리움이 부절不絶히 내리는 날이면
근심 어린 음성이 새삼 환청처럼 들린다

네잎클로버

지천에 자운영이 만발한 어느 날
풀밭에 풀썩 주저앉아 풀숲을 헤적이다가
뜻밖에 네잎클로버를 찾았다

능수버들 휘늘어진 개울가에
홀로이 주저앉아 냇물 위에 못다 한 소원
하나둘 띄워본다

한 잎은 나의 간절한 소망을
또 한 잎은 사랑하는 이를 위해
또 다른 이파리는 우리들의 행복을 위하여

마지막 이파리는,
나폴레옹이 목숨을 건진 것처럼 나에게도
행운을 가져다달라며 간절히 기도해 본다

하늘에서 내린 기적 같은 행운을 간절히

바라며 모두를 띄워 보내노니 어쩐지
마음 한켠에 허전함이 그저 몰려든다

사노라면

사노라면 인생길에
끝없이 맑고 좋은 일만 겪고 살 수는 없지
반듯한 길이 있는가 하면 더러는 가시밭길도
굽은 길도 돌아갈 에움길도 있더라
세월의 흐름에 이끌려 가던 길 이내 잠시
멈춰 서서 어찌 생각해 보면 이제는
작은 것에 만족하며 더불어 살갑게 사는 게
가야 할 인생길에 아름다운 동행이 아닐까?
또 혼자 사는 게 전부인 양 생각할 때도
있지만 산을 바라보는 나이*까지 살아보니
세상살이 내게 물려준 건 그렇지만 않더라
걸어온 인생길에 시련 없는 성취가 어디
있겠냐마는 헌신짝 같은 어제를 지내놓고 보니
부대껴온 삶 속에 부정과 절망보다는
닥쳐올 문제들을 이전보다 훨씬 더 여물게
긍정의 자아自我로 지금 바로 풀어가고
힘 닿는 날까지 선한 양심과 따뜻한 마음으로

어우렁더우렁 살아가런다

* 자기 몫의 삶을 위해 마음을 닦으며 깨우칠 나이.

할 수만 있다면

흰 눈이 덮였던 자리에
어느새 아지랑이 피어오르고
종다리 끼웃거리는 봄날, 옛 생각이 하냥
몰려들 적에 할 수 있다면 뿔뿔이 흩어진
친구들과 마음속에 심어둔 깊은 정도 나누고

훈풍에 보리알 여무는 여름 사랑의 허기가
밀물처럼 밀려들 그때는 말이야,
살랑거리는 마파람 결에 사랑한다
널 사랑한다 속삭이듯 다정히 뇌어도 보고

단풍잎같이 곱게 물든 추억들
가을 햇살에 절절한 사연 담아 보고픈 이에게
그리움을 함께 봉하여 전하고

좀처럼 있는 일은 아니지만 송이 눈이
펄펄 날리는 엄동설한에는 구만리장천 어드메

계실 선친께 천상에서 별고는 없으신지?
가슴 안에 한자리 차지하고 있던 안부도 묻고

그런 다음엔
마음 붙일 길이 없어 갈피 속에 접어둔
심오한 진실들 하나둘 털어놓을 수만 있다면
정말이지, 그때만큼은

눈 감으면 비로소 떠오르는 그리움도
고집 센 외로움도
세상사 버거운 아픔도
약해진 이 마음도
연민의 덜미로 가득한 그 무엇도
무연憮然히 잊을 수 있을 것만 같은데…

장날

닷새마다 어김없이 찾아오는 장날이면
매양 설렘이 있습니다
매일 있는 일은 아니지만 대목장을
기다림은 더 달콤합니다
재 너머 시오리 길 읍내 장에 따라가려고
울 엄니 치맛자락 붙들고 막무가내로 떼도
써보고 응석을 부리기도 했었지요 행여,
오늘은 무얼 사 오실까? 목이 빠지게 기다리며
진종일 보낸 적도 있었구요
괴벗은* 옷 한 벌이라도 사 오실 적엔
잔칫날처럼 신이 나서 동네방네 자랑질
늘어놓던 철부지 시절이 생각납니다
더러는 주전부리 풀빵 뻥튀기라도 얻어먹을까?
마냥 기다려지던 배고픈 시절 장터 국밥
한 그릇에도 흐뭇함으로 가득했답니다
항간에 우리 곁에서 점점 사라져 가는 오일장
난전의 넉넉한 인심, 각설이패 왁자하던

장터의 소소한 진풍경과 사람 냄새가 가끔은
그립습니다

* '헐렁한', '풀어진 듯한'의 뜻.

막역지우

젖과 꿀이 흐르고
그 옛날 늙으신 부모님이 살던
내 고향 동구洞口에 고집스럽게 서서
타향살이 멀리하고 빈손으로 낙향한 이에게
불편한 진실을 감춰주고 두 팔 벌려
오! 아무개 아닌가 하며 버선발로
한달음에 달려 나와 친히 반기던 너는
때로 찌는 더위에 농부가 논갈이하다
쉼표의 시간이 되면 초록이 흐르는 그늘에서
간간이 땀을 식혀주는 쉼터가 되지요
청춘을 허비하고 비록 몰락한 몸으로
돌아온 탕자에게도
먼발치에서 대번에 알아보고
아따! 얼마 만인가 하며 푸근히 맞아주며
천년배기 주목처럼 장수하며 부절히 살자는
아짐찮은 말만 전한다
코흘리개 적에 허물없이 지낸 노거목 느티가…

2부

봄

봄

암시랑토 않던 삭신이 뜬금없이
욱신욱신 사납게 쑤셔대는 건
병이 아니여!

그랑깨,
우라질 것들이 시방 염병을 떠는 건

아따 머시여,
저그 아랫녘에 봄앓이 끝에
일찍 핀 샛노란 산수유가 옹알이를 하고
눈부신 매화꽃 년들이 싸게 오라 부르는 게

아마 그건,
이참에 얼음 풀려 너울너울 순하게 흐르는
섬진강 물길 따라서 꽃 지기 전 언능 꽃구경
오시라 보채는 것이제

설중 동백

봄의 채비도 하기 전에
꽁꽁 언 눈밭에서 눈물처럼 후드득 지는
진홍빛 꽃송이가
하늘을 우러러 사내아이를 낳게 해달라는
염원이 담긴 사연이며
오래 변치 말자는 성스러운 기약
다 너를 잊지 말라는 뜻이겠지…
서슬 푸른 겨울을 이겨내고 까치봄을 맞아
발그레한 꽃봉오리를 보나니
홀로이 지킨 고귀한 절개만은
어느 꽃보다 초월해 높이 평가하고 싶고
더욱 사랑스러울 뿐이다
겨울 한철 에는 추위가 봄에 피는 꽃들을
아름답게 피우듯 눈에 넣어도 아프지 않은
선운사 애기동백으로 다시 태어나
겸손히 이담 생을 이어갈까?
널 보며 그런 소박한 꿈을 꿔보노라

복수초

잔설이 덮여 차가운 설원,
여간해서는 곡괭이도 안 들어가는 극한의
빙점에서 춘설春雪을 이고 지고
그 어떤 시련도 견디며 앙증맞은 풀꽃으로
눈물을 달고 살아가는 넌 아직도
어름새꽃이란 또 다른 멋진 이름표를 지니고
사는 새침데기 청순한 처녀이더냐?
단지 사랑했다는 이유만으로
본의 아니게 오래전 신神을 울린 가련한
구노*의 사랑에 비할까마는
벌 나비가 꿈틀대는 벌건 대낮에 피었다
햇살이 비켜 든 오후이면 샛노란 잎사귀를
오므리는 오묘한 그 모습이 참으로 기이하데?
하긴, 단아하고 수려한 볼우물에
눈길이 끌리나니 당장 월하빙인**이 되어
초례라도 치러줘야겠다

* 시집가는 날 싫다며 도망쳐 사후 복수초로 환생한 설화의 주인공.
** 결혼 중매인.

해바라기

영혼의 꽃 해바라기가
화사한 미소로 반기는 모습이 참 기특하다
벌건 대낮부터 해 질 녘까지
오뉴월 이글거리는 태양 빛에 온몸을 내맡겨
종일토록 해바라기를 해도
도대체 타지 않는 것은 무슨 경우이냐?
한때 태양처럼 뜨거운 열정으로
세월이 덮혀준 내면의 섬세한
감정의 온기를 담아
강렬한 색의 향연으로 걸작을 그려낸
화가에게 그때는 무슨 사연이 있기에
그리도 등한히 대하였더냐?
생전에 남달리 끔찍이도 사랑했던 그이에게
이제 별이 빛나는 밤*에 꼬옥 껴안고
뜨겁게 포옹이라도 해주렴

* 반 고흐의 대표적인 작품.

32

목련

벌거벗은 나목에
엷은 속적삼을 걸친 뽀얀 목련,
봄의 절정을 향하여 서둘러 기지개를 켠
수고로움에 보면 볼수록 순결하다
오래전부터 귀족으로
또 살아 있는 화석식물로 불리고
삭풍이 불어대는 북쪽을 향하여 핀다 해서
이름하여 북향화라고도 하던데 어디,
어떤 이름으로 부르는 것이 더 좋으랴
딱정벌레로부터 갖은 괴롭힘을 당하고도
아랑곳하지 않고 장수한 걸 보니
아마 조물주가 탐하여 무척 연모했었나 보다
장구한 세월이 흘렀는데도
늙은 등걸에 말없이 피었다 진 그대를
생각할 때면 뒤숭숭한 기억 속에 한 톨의
그리움이 왜 이리도 습관처럼 밀려드는고…

변명

— 아카시아

초롱꽃 짙은 오월,
품위 있게 풍기는 향기로움에 기분이
상쾌해지고 야윈 내 정신도 그때만큼은
맑고 청아해진다

세간에 한 여인과 넉살 좋은 난봉꾼 사이에
남세스러운 풍문들 대수롭지 않아
그냥 덮어둘 일도 눈 밖에 나
서슴지 않고 무장
입방아 찧어대는 별의별 억측이
난무하지만 아직도 풀리지 않는
쑥덕거린 뜬소문에 어쩐지 듣기 거북하다

반면에 주제넘게
정작 누려야 할 시인은 지금 어딜 가고
잎새에 이는 봄바람에 뜸이 든 그윽한 향기는
도리어 나만 진종일 호사를 누리느뇨?

꽃다운 나이에

— 산매화

매서운 삼동을 이겨내고 아직은 약한
봄 햇살을 받고 핀 하이얀 꽃송이가 금방
흐드러지게 만개했다가 서둘러 봄 따라간
산매화는

바람결에 산산이 흩어지는 잎새가
꽃다운 나이에 장렬히 몸을 던져
자진 절명絶命을 선택한 절색 논개와도 같아서
나볏한* 지조며 의젓한 절개를 본 듯하다

여린 봄날 햇살같이 짧게 살다 간
꽃잎처럼 져버린 의인義人의
순수한 영혼을 보라,
그 어느 것도 대신할 수 없지만
꺾을 수 없는 드높은 기개며
반듯하고 숭고한 그 넋을 어찌 잊으리오

* '몸가짐이나 행동이 반듯하고 의젓한'의 뜻.

진달래

부르지 않아도 봄은 오고
봄 햇살에 돋은 잎이 이마를 툭 건드리는
사월이면 접동새 울어 예는 익숙한 고향 땅
앞산 뒷산에 철 따라 여염이 벙그는 진달래,
척박한 땅에서 끈질긴 생명력으로
퍼붓는 눈보라 속에서도 험상궂은 혹한을
감내하고 가히 고난을 이겨낸
담방진 모습이 얼마나 장한 일인가!
구전하는 서사 속에 지울 수 없는
선녀와 나무꾼의 애절한 사연에 겨워
한시도 눈물 마를 날이 없다
칠석날이 아닌들 어떠랴!
철석같이 믿었던 이가 언제 돌아오리란
암시도 없이 헤어진 그리움에
못 잊을 외로움도 가슴 깊이 깃든 비애悲哀도
못다 이룬 재회라도 하도록 당장
참꽃으로 노둣돌을 놓아 사뿐히 즈려밟고
다시 돌아오도록 하렴아

3부

가을 산경

가을 산경

장엄한 산자락에

거대한 운해가 널리 펼쳐지고

심산계곡을 휘감으며 흐르는 운해는

가까운 연봉 사이로 구름 강을 이루어

발아래로 도도히 흐르도다

햇빛에 속살이 드러난 산등성이에는

청초한 들꽃 들국화 쑥부쟁이 구절초가

무리 지어 해맑은 얼굴을 내밀고

맑고 은은한 풍경 소리가 산사山寺를 휘감곤

자욱했던 운무가 서서히 걷히면서

형언할 수 없는 변신이 아주 신비롭다

구름을 밀쳐 하늘이 환해진 산 중턱엔

가을 햇살이 비쳐 하루가 다르게

한껏 붉어진 갈잎에

저마다 진한 가을 내로 화답하노니

멋들어진 산경山景에 빠진 동자승은

험한 산길 걷고 걸어도 자못 부럽다 하네

올레길

제주의 속살이
내비친 올레길은 세상에서 가장 아름답고
평화가 깃든 길이다
한가로이 풀을 뜯는 망아지며
고샅 돌담 사잇길을 끼고 걷노라면
숨겨진 절경의 향연에
저마다의 매력을 느낄 수 있고
눈길 가는 대로 그저 마음 끌리는 대로
놀멍 쉬멍 살포시 걷다 보면 어느새
묵어 지낼 곳에 금세 다다르고
더도 덜도 아닌 있는 그대로 순박한
제주다운 인심도 느낄 수 있다
밤하늘에 속삭이는 별들이며
밤바다에 환한 어화漁火를 보노라니
잊고 지낸 지난 추억이 새록 떠오른다
여름꽃 산수국이 수줍게 꽃망울을
툭 터트리고 우리 님 치마폭을 활짝 열어

곱게 받아들일 그때
매력이 철철 넘치는 올레길로 날 불러다오

대나무

함초롬히 맺힌 이슬을 털고
어린것이 한눈에 알아보고는 반긴다
생각건대 나이테가 없는 넌
대체 여린 나무더냐 들풀이더냐?
곧은 심지로 늠름하고 의연히 살아가는
자태로는 너의 정체를 당최 모르겠구나
달맞이꽃 핀 야심한 밤
대숲에서 스산한 바람이 일 때
무섬 타던 새파란 어린 날
간담 서늘한 여우 나오는 산골 얘기며
호랑이 담배 피우던 시절 할머니의
이야기보따리가 무심코 생각난다
늘 푸른 대나무야,
세상을 등지고 초야에 묻혀 초연히 살던
조상의 청빈한 삶과 올곧은 기개며
마디처럼 곧은 선비정신을 너에게
당장 배우고 싶구나

탱자나무*는

위풍당당히 서서
해마다 하이얀 탱자꽃을 띄워 냉큼,
호랑나비를 불러댄다
나뭇잎이 무성할 적에는
호시탐탐 노리는 솔개를 피할 굴뚝새의
근거지가 되었다가 그러고는
묵은 가지에 지실枳實이 실하게 영글고
벌거벗은 나목이 되면 더 추워지기 전에
무거운 짐 다 부리고서 서둘러
동안거에 들어간다지?
아주 먼 옛날 오랑캐 무리가 노략질할 때도
갖은 풍파 다 겪고선 노병老兵이 되어
일렬로 가시울타리를 치고
유린당한 그 시대 가려진 비애의 역사,
피로 얼룩진 이 강산을 굳건히 지키는 이가
오호라, 바로 너였구나

* 외세 침략에 대비한 호국 의지의 보호수(강화 갑곶리 등).

별난 투정

공양미 삼백 석에
효녀 심청이도 몸 팔려 가고
변심에 억울해하는
홍도도 울며불며 떠나간
가랑잎만 나뒹구는 무심한 세상
유독 되는 일도 없으니 글쎄,
살아서 무엇 하랴

혹여 여기보다 나을
피안의 용궁인지
아니면
천상에 남은
한두 자리 있거들랑
걱정 근심 두려움 차별도 없다는
천국에서
우매한 나 하나쯤
천국 시민으로 뿌리내려
편히 피정이라도 할까 보다

구하라, 그러면 주실 것이다

고즈넉한 예배당 첨탑 위의 십자가에
저녁 햇살이 하나둘 몸을 풀고
신의 은총으로
무거운 짐 다 내려놓고
내 마음속에 평안함이 깃들 때,
드높은 종탑에서 간간이 울리는 거룩한
번제의 종소리는 이윽고
믿는 자에게 능치 못할 일이 없다시며,
마음이 가난한 자에게
어제나 오늘이나 복을 내리시고
사랑에 빚진 자에게는
빛으로 갑옷을 입혀주시고서
험한 세상 햇살보다 환히 밝혀주시도다
그러고도 삶의 굴레 속에서
하늘은 날더러* 갈급한 영혼 구원받으라시고
세상은 날더러 또 이르시되 진실로
네 이웃을 너 자신과 같이 사랑하라신다

* 신경림 시인의 「목계장터」에서 일부 운을 빌려 씀.

빗소리

보슬비 오는 날
희망을 품고 내리는 한줄기의 봄비는
대지를 촉촉이 적셔주는 눈물,

파초 위에 후드득 떨어지는 성긴
빗방울 듣는 소리는
쇼팽의 야상곡처럼 감미로운 전주곡,

천지가 무너질 듯한 우렁찬 우렛소리는
한편으로 나약하고 둔한 내 혼을
일깨워 주는 꾸지람,

비를 맞으며
속삭이듯 듣는 빗소리에 귀동냥하듯
젖어보시라

허공에 한 줌의 빗소리는

내 마음속에 심어둔

그 어떤 절제된 시보다 더 훌륭하다

그리운 옛집

사립문을 열고 들어서면
살뜰한 사랑이 허물을 가리고
밤이면 흐린 호롱불 아래에서 단란하게
웃음꽃이 피고 뜨끈히 덥혀진 아랫목이
종종 그리워지는 곳,
노을 비낀 해 질 무렵이면
밥 짓는 연기가 모락모락 피어오르고
누추한 오두막 토방에선
어린 삽살개 마중 나와 꼬리를 흔들며
친히 반기고 먼 데서 수탉 우는 소리가
아련히 들리는 고금古今의 익숙한 숨결들…
아, 지금은 아무도 살지 않는 그리운 옛집
잠시 잊고 지낸 내 유년의 감물로 얼룩진
지울 수 없는 추억이며 배고픈 새들이
까치밥을 쪼아 먹던 마당가 내 소꿉동무
땡감나무와 탱자나무 울타리 밑에 구절초는
피었는지 새삼 궁금하다

4부

자랑거리

보릿고개

허기진 입에 풀칠도 못 하던 오뉴월
모질게 어렵던 시절 배곯은
보릿고개를 겪으며 한때,
풀뿌리로 근근이 연명한 적이 있었지요
끼니가 떨어져 뒤주에 쌀이 동이 나고
걸식을 할 당시에 가난의 그림자 꺼칠한
보리쌀도 후하게 여긴 적이 있지만
꽁보리밥을 먹고 나면 그래도
허기만은 달래곤 했었다
돌이켜 보건대 세상에
그보다 후한 밥상이 어디 또 있던가?
구미에 맞지 않고 홀대받던 꽁보리밥도
한결 부유해진 요샌 단연 별식이라 해서
우리 몸에 더할 나위 없이 좋다지?
끼니를 거른 배고픔을 겪지 못한
배부른 금수저의 한 길 속을 어찌 알겠냐마는
흙수저의 눈물 젖은 서러움을 알기나 할까?

연어의 회기

연어는 강과 드넓은 바다를 오가며
유목민처럼 살다가 가을이면
모천으로 거슬러 돌아와 생을 마감한다
동족 보존을 위한 산고는
한 알의 밀알이 되어 대자연에게 주는
귀한 선물이지만 산란을 앞두고
제 죽음을 감수하는 지아비의 투쟁은
제 딴에 금쪽같은 자식새끼를 지키기 위한
희생으로 대신한 몸부림일 것이다
근래에 문명의 찌꺼기로
모천이 더럽혀지고 하도 몸살을 앓아
날로 회귀回歸에 어려움을 겪는다고 하니
심히 더럽혀진 산천, 신음하는 이 땅에
무한 죄의식을 느낀다
그래서 모든 생명과 공생하며
치유하는 자성의 마음으로 살어리랏다

어화

제주의 밤은
갈맷빛같이 짙푸르다

망망한 밤바다에 휘영청 불을 밝히고
고기잡이 어부는 넘실거리는 거대한 파도와
혼신의 힘으로 맞서 싸우고 있는데

갯가 뭍에서는
한 쌍의 연인이 청보리색 풀밭에
태연히 나앉아 한가로이 은빛 어화漁火를
바라보며 황홀해하네

어쩔거나,
거친 풍랑이 잔잔해지고
수평선 너머로 먼동이 터 밤배가 닻을
내릴 때까지는 그냥 이대로
잠들 수가 없네

길 위에서의 명상

맨발로 걸으면 무병장수한다길래
마음 한번 고쳐먹고 며칠 전부터
길들여지지 않는 통증을 느끼며 더딘 걸음으로
뒹구는 낙엽을 밟으며 숲길을 걷는다
매일 아침나절이면 너도나도
한 줌의 솔바람 쐬고 개운한 공기
한입 들이켜며 하나같이 명상을 즐기죠
한편 잃어버린 내 청춘,
막상 등 떠밀려 너덜너덜 살아온 세월은
저만큼 흘러 속절없이 앞질러 가고
늙음은 어느덧 덧없이 찾아와
가을 숲에 지는 낙엽과 흡사하다
뒤도 안 보고 날아가는 새처럼
줄곧 앞만 보며 숨 가삐 살아온 주름진 삶에
고민 많던 부질없는 생각도 다스리고
더 보탤 것 없이 구속된 마음도 떨쳐버리곤
후회 없는 인생을 위하여 늙어 굳어가는

기억 데리고서 일보다 더한 휴식으로
우회迂廻하며 남은 생 자유함의 삶을 살리라

인내는 쓰나 열매는 달다
– 인연

어느 날인가 당신과 나
날과 씨로 만나 연분緣分이 되어
인고의 세월을 묵묵히 참고 살아온 반평생은
참 바보처럼 살았지요

옷깃 스친 인연으로
어떤 구차함도 나 하나만을 믿고 의지하며
때로는 백치로 귀머거리 눈먼 봉사로
자상한 손길로 덮어준 적지 않은 희생이 따로
있었기에 눈물겹게 살아온 소중한 인내의
가치를 함께 누리게 되었소

한때 갖은 뒷바라지로
거칠어진 손마디 감춰둔 눈물에
싫어하는 기색도 없이 어진 덧정으로 또,
마음 문을 다소곳이 열어 담담히 받아들인
속 깊은 항심恒心과 더불어 삶에 그윽한

향기가 묻어나기에 지금은 행복에 겹습니다

상처 입은 조가비가 영롱한 진주를 품고
명검은 단련 없이 푸른 날이 서지 않듯이
어떤 희생도 아픔도 시련이 찾아올 때도

굴하지 않고 힘겹게 이겨낸 소중한 열매는
헛되지 않으며 숭고한 희생과 사랑의 짐을
지고 걸어온 그 길은 훗날 후세에게 본이 되고
잘 빚어진 값진 잠언箴言이 될 것입니다

자랑거리

앞 강물 뒤 강물이 앞다투어 흐르는
강줄기 따라 나들길을 쉬엄쉬엄 걷다 보면
스쳐 지나가는 고을고을마다
내 고장 자랑 주저리주저리 늘어놓는다

이 고을에서는 고춧가루 서 말을 먹고
물속 삼십 리 길을 걷는다 하고
물새 떼 넘나드는 강 건너 저쪽 사람들은
심지어 고춧가루 서 말을 먹고서
뻘 속 삼십 리 길을 거뜬히 걷는다며
불가사의한 억지를 부린다

그렇게 자랑거리로 늘어놓던 삶의 터전인
개펄에 어린 칠게 제집 찾아 들락거리는
옛 모습이라곤 찾아볼 수가 없고
하늘로 솟은 거대한 굴뚝이 거친
숨을 몰아쉬며 희뿌연 잿빛 연기만 뿜어낸다

만조滿潮에 이따금 소금기 묻은
거룻배가 여전히 통통거리고 먼발치에선
갈매기 떼 지어 비껴가고
출항하는 뱃고동 소리에 묻어난
한 줄기 그리움만 보태 조촐히 들리는도다

물속 길도 뻘 속 길도 다들 믿기
어려운 세상인데 수수께끼 같은 누구의 말을
믿어야 할까?

어쩔거나,
근간에 시시껄렁한 자랑거리조차도
그나마 뾰로롱 사라지고 없으니 더 이상
무슨 재미로 살거나

등대처럼

제 몸 하나 겨우 가누며
청승스레 홀연히 서 있는 등대는
언제나 제자리에서 묵묵히 바다를 지킨다

거품 물고 온 험상궂은 파도와 힘겹게 싸우며
의지할 곳 없는 절해고도 외딴섬이나
주로 비릿한 갯내음 푸욱 풍기는 한적한 선창
어귀에서 어둠이 번지기 전에 형체를 밝히고는

잦은 비바람 거센 눈보라가 치는 날,
파도에 떠밀려 표류하거나 뜻하지 않은
시련이 찾아들 때에 온갖 고난을 헤쳐 나가는
안내자 구실을 하죠

그래서 꺼지지 않는 등대는
칠흑같이 어두운 밤바다를 향하여 쉼 없이
불을 밝혀 뭍으로 돌아오는 뱃길 순항을 알려주는

듬직한 길잡이 노릇을 한다

그리해 나 또한
이 땅에 희망을 전하는 빛이 되어
담대히 꿈과 용기를 불어넣어 오로지
자신을 등불 삼고 변함없는 진리를 등불 삼아
인생 항로에 친숙한 등대지기가 되리라

콩 한 톨도 나누던 정

관리소에서 하는 말투가
적잖이 마음에 거슬렸었나 보다
새장에 갇힌 새처럼 고향 떠난 대처大處에서
울 엄니 이방인으로 잠시 머무실 때 괜스레
한마디 거드신다

치열한 한여름을 마감하듯
쓰름매미 목청 높여 극성스럽게 울어 예고
동구洞口 밖 나를 키워준 무논의 뜸부기도
메뚜기 뛰놀던 들녘에 어슬렁거린 해오라기도
암팡지게 한바탕 짖어대는 삽살개의 선한
모습도 문득 떠올랐던지

고향 하늘을 의지하여 허둥지둥 살아가는
보잘것없는 미물도 구장이 하는 말에
"흔히 정이 담긴 이녁 말인지라
고것들도 당연히 정겨워했었지" 하신다

잠 못 이룬 은유의 밤이면
자나 깨나 어깨를 맞대고
늦도록 이야기들 나누며 지새운 벗들이며

농부의 울력과 품앗이로 땀 흘리며 거두어들인
곡식단이나 푸성귀, 콩 한 톨도
한 울타리 안에서 아낌없이 나누던
풍성한 마음씨며 이웃과의 씀씀이가 그립고
잊고 지낸 외로움에 울컥했던지
거슬린 방송 탓만 하시며 공연히 투덜대신다

통새미*

산굽이 돌아 외딴곳
지심을 뚫고 솟구쳐 오르는 우물이기에
어떤 가뭄에도 마르지 않던 통새미
오래전부터 신비한 영험靈驗이 있다 하여
일찍이 유서 깊은 약수터로
산 좋고 물 맑아 약속의 땅으로
널리 알려졌건만 두레박에 버들잎 띄워
물 한 모금으로 목을 축였던 기억만 남기고
감쪽같이 사라지다니 마음이 아리다
윗우물에서 넘친 물이
턱밑에 또 다른 빨래터를 만들어
아낙들이 열띤 수다를 떠는 사랑방으로
많은 사연 낳게 한 소문지이고
인정이 거래되는 나눔의 장터이기도 했지
헌데 허공 어드메로
게 눈 감추듯 물길이 끊긴 허무함에
콧등이 시큰거려 이리 눈시울이 적셔진다

* 공동 우물.

64

5부

나눔의 미학

고택

예스러움을 그대로 간직한 고택은
올곧은 선비처럼 세월이 비켜 간 검소함을
덤으로 고스란히 느낄 수 있다
살짝 열린 게으른 들창 틈새로 월광이
솔곳이 스며들어 환해진 방 안은
그로 선량한 눈꺼풀이 스르르 열리고
맑게 흐르는 자연의 물소리 바람 소리에
물꼬 트인 귀가 소곳해진다
은은한 달빛이 다투어 문살 사이로 얼비치고
백설기 같은 송이 눈이 밤사이 풀풀
내리는 날엔 품격 높은 절제미를
간간이 꿈에도 느끼게 하데요
세월의 풍상風霜으로
잊힌 선인들의 손때 묻은 숨결이며
절제미가 밴 멋스러움에 상서롭고 근엄한
그런 집 내 생에 꼭 하나 가져봤으면

잊혀가는 소리

귓가에 사뭇 사라진 고운 숨결들 가끔
애타게 기다려지는데 풀여치
푸르뎅뎅한 옷으로 잔뜩 멋을 부리고 어디선가
지줄대는 생명력 가득한 울음소리는
근근이 들리고

곡식 낟알 아파하는 신음도
아랑곳하지 않고 멍석에서 낟알 터는
도리깨질 소리 역시 점점 사라지는 것도

흐릿한 등잔불 아래에서 졸음과 싸우며
실타래 풀리듯이 물레 잣는 소리는
모진 시집살이 온갖 설움과 고단한 마음을
달래주는 위로의 가락이었지

고요한 한밤중에
기구한 세월을 한탄하며 두드리는

다듬이 소리는 나어린 수절 과부의 설움을
무던히 토해낸 피눈물이고 처절한 절규임이라

아, 귓전에 적셔놓은 두부 장수 핑경 소리도
찹쌀떡 사려 길게 외는 생생한 그 소리들
들릴 듯 말 듯 귓전에서 맴돌고 기억 속에
묻혀 흔적만 남긴 채
흘러간 세월 속에 앙금처럼 가라앉아 버렸네

장독대

뒤안길 돌아서면
구석진 한 자리를 차지하고 끔찍이
아끼던 세간이며 듬성듬성 싸리로 엮은
울타리가 삭풍을 막아 장독대를 지켜준다

죄 없는 함박눈을 머리에 이고
한데서 어깨를 부딪치며 배불뚝이, 홀쭉이,
키다리, 무리 지은 항아리가 일가족처럼
옹기종기 모인 정겨운 모습에 눈길이 닿는
순간 발길이 멈춰지고 새벽 우물물을 길어
장독 위에 정안수 한 그릇 떠놓고
정성을 다해 빌고 빌던 울 엄니 모습에
가슴이 뭉클해 지난 기억들이 자꾸만 떠오른다

항간에 잃어버린 동화* 속 초가이엉도 차츰
없어지고 행여 독 짓는 도공의 혼이며
머잖아 문명이 버린 귀한 유업들 물려줄

꿋꿋한 장인정신마저 아예 사라지고 없어진다면

저기 항아리에 얽힌 천년의 얼과 오래 삭힌
깊은 장맛도 그리웠던 정겨운 모습도 더는
볼 수 없을 터인데 이내 들 대로 든 그 정情에
못내 아쉽고 그리울 뿐이다

* 의사이자 수필가 박문하 선생의 수필 제목.

시작은 미약하나 나중에 창대하리
- 하루의 시작

부지런한 새는
어둠이 채 가기 전에
서둘러 일어나 새벽 동을 틔우고
이른 들녘 신선하고 풋풋한 이슬 머금은
싱그러운 풀만 먹고 사는 양 떼는 잠에서
덜 깬 양치기보다 이르게 하루를 시작한다

산 그림자 길어질 즈음
풍각쟁이 산새들의 한 소절 울음은
고운 음악으로 또는 시로 승화되어 영혼을
정결케 하고

어두움이 끝나고 찾아온 여명黎明은
여전히 어린양이 누릴 수 있는 기쁨이요
온 땅의 축복이며 나아가 찬란한 새 아침을
알리는 출발점이다

해서 하루의 시작은
나에게 주어진 소중한 삶을 하루하루 새로이
채워가는 것이라

먼동이 트면 누구든 새벽보다 먼저 일어나
준비하고 보람되게 살라

치열한 경쟁 속에서 하루를 보람 있게
지낸 자가 편한 잠을 자고 나름 남보다
한발 앞서 뛰고 게으르지 않은 자라야 비로소
일용할 양식도 허락된 기쁨도 보람된 성취의
몫도 누릴 수 있는 것이다

망향望鄉

산 넘고 물 건너 구름 너머 누가 살기에
어찌 그리 그리워하는가?

열예닐곱 살 때 청운靑雲의 부푼 꿈을 안고
물동이 호밋자루 내던지고
낯선 천 리 밖으로 떠나온 터이기에

봄이면 도처에 매향梅香 가득 퍼지고
널따란 들녘에 송아지 한가로이 풀을 뜯고
서럽게 흐르는 강둑 너머로 드물게 물오리 떼
무리 지어 넘나들며 구름도 쉬어 가는 곳

드높은 청산 기슭에 꽃이 피고
두고 온 무지갯빛 동심이 떡하니 걸터앉은
꿈엔들 못 잊을 내 고향이 거기 있기
때문이라네

그리운 비양도

무르익어 가는 감귤 내
코끝에 아릿하게 기운을 느끼며
짚신 끈 동여매고 바람 따라 구름 따라
스스럼없이 걷다 보면 만나는 곳,
소박한 자태로 천 년을 숨어 지낸 보석 같은
작은 제주도라 부르죠
멈추라 소리치니 창공을 한 바퀴 돌고서
가만히 날아와 안착한 섬,
화려하지도 별나지도 않아 더욱 아껴주고
세상과 단절한 채 있는 그대로 적막 뒤로
숨은 천연기념물 같은 신성한 보물섬이다
거센 바람에 리듬 맞춰
초원을 시원스레 질주하는 말갈기처럼
일렁이는 은빛 억새꽃 나부낌에
눈이 즐겁고 평화스러워 그래서
바람보다 자유로운 영혼으로
보고 싶고 가보고 싶은
아, 그리운 비양도여

당신이 떠난 빈자리

한동안 외면해 버렸던 사진첩을 들추다
염치없이 잊고 지낸 추억들이 문득 떠올라
손톱 끝에 봉숭아 꽃물 들이던 그 시절
접어두었던 기억들 데리고
부서지는 고향 바다
지평선 너머로 하늘바라기 하다
무거운 발길을 옮긴 적이 있었네
옛일의 설렘을 안고 둘이 거닐던 그곳을
다시 찾아 먼 바다에서 들려오는
맑은 바람 소리로 마음 달래며
죄 없는 몽돌로 있는 힘껏 돌팔매질하다가
가엾은 내 발걸음은 더한 그리움만 껴안고
땅 그림자 끌고서 뒤돌아섰었네
저 바다는 몇십 년이 지나고도
그 모습 그대로인데
당신은 지금 어디서 무얼 하고 계십니까?
기다리기에 너무 많은 세월이 훌쩍
흘러가 버렸습니다

행복은 뺄셈에서부터

연잎은
자신이 감당할 무게만큼
고인 물을 적당히 품고 있다가
차고 넘치면 더는 미련 없이 버리듯이

세상살이 이치가 자고로 연잎과 같다

그러므로 분수에 넘치는 탐욕貪慾은
악의 뿌리로 사람의 눈을 멀게 하고 그리하여
죄를 낳고 죄의 삯은 곧 죽음에 이른다는
불변의 진리를 깨닫고

필요한 만큼 검소하게 지니고 서서히
마음도 가벼이 비우고 좀 더 내려놓을 줄 아는
뺄셈의 지혜로 살라

나눔의 미학

몸서리치는 타관 객지살이를 청산하고
지게 작대기 장단이 그리운 향리로 돌아가
관머리를 잡아줄 동무랑 허물없이 지내는 게
어디 꿈이라면 때 묻은 타향살이
강 건너 저편으로 단호히 날려버리시게

그도 아니면 탐욕의 굴레에서 벗어나
무소유의 영혼으로 누리던 명예도
막강했던 권세도 사치스럽던 양심도
홀가분히 내려놓고
베푸는 사랑이 삶에 얼마나
소박한 기쁨인가? 깊이 새겨보시게

한때 궁하여 동냥젖 얻어먹던 시절
따뜻한 이웃의 굳은 배려로 긍휼을 베풀며
서로 훈훈하게 정을 나누던 운조루의 쌀독*처럼
선행으로 널리 덕을 쌓고 자비스러운

마음으로 살아가는 게 참기쁨이요 즐거움이다

그게 바로 참된 나눔의 미덕이므로 자고로
뿌린 대로 거둔다는 동서고금東西古今의 옳고
변함없는 진리는 작고 평범한 데서 얻는 것이라

* 누구나 쌀을 가져갈 수 있도록 하여 굶주리는 사람이 없게 했다는 조선시
대 사대부의 대표적인 나눔의 미학.

6부

빼앗긴 둥지

가을
- 구절초

티 한 점 없는
해맑은 창공에
고추잠자리 드높이 날고
지천 풀숲에는
초롱꽃들이 피고 지고
나뭇잎이
얄리스럽게
물들어 가는
청량한 가을의 문턱에
그립고
곱절로 보고픈 여인이
옳거니,
바로 너였구나!

빼앗긴 둥지

뻐꾹새 간사하게 남이 애써 지은
둥지를 갖은 짓 다 하며 비겁하게 제집인 양
빼앗아 알을 낳는다

둥지의 원래 주인은 그래도
남의 알을 날갯죽지로 포근히 품어
솜털 부숭부숭한 또 다른 생명을 부화케 한다

오붓한 보금자리를 무례하게 앗아 간
가살스러운 얌체족 더부살이 짓은 자칫
약자의 호주머니를 털어 강자의 틀 속에서
희생을 강요하는 전래 동화인가?
아니면 그야말로
둥지를 앗아 누리는 힘센 강자의 삶이런가?

더구나 근래 갑과 을 간에 짓눌린 관계로
볼썽사납도록 파렴치한 세상인데

빼앗긴 둥지를 온전히 찾을 그런 날이 언제쯤
올 것인가?

나무는

죄 없는 햇빛을 양분으로 먹고 자란 나무는
오랜 세월 가뭄도 북풍한설도 견딤으로
건강한 숲을 꾸민다
꽃비가 내리는 봄이면 사계 창조의 첫물로
묵은 때를 씻고 희망의 연둣빛 새 움을
벙긋 틔워 도로 생명을 잉태한다
환장할 여름날에는
무성한 그늘을 드리워 쉴 쉼터로,
생명의 싱그러운 시詩로 기쁨을 안겨줍니다
한편 노염老炎이 한풀 꺾인 가을이면
온 산을 갈옷으로 곱게 단장하고
즐거움을 기꺼이 선사하지요
그리고 유난히 추운 삼동에는 가끔
순백의 꽃을 이고 지고 오는 봄을 기다리며
새 생명을 이어가는 고마운 존재이다
나무는 한순간도 쉬는 날이 없다
그러므로 한 그루의 나무도 소중히 가꾸며
곰살궂은 나무처럼 아낌없이 베풀런다

겨울 산

곱게 물든 잎새들이 지고
동지가 지나도록 처분되지 않은 찬 서리를
밟고 찾아든 침묵의 달을 보내고 나면

노루 꽁지만 한 햇살에
뼛속까지 파고든 추위에도 인고하며 겨우
견뎌낸 생나뭇가지는 끙끙 앓아눕고

낙목한천落木寒天의 계절 겨울 산은
아무것도 걸치지 않고 죄다 드러낸
알몸인 채로 그저,
앓고 난 얼굴처럼 수척하더이다

흔히 겨울나기를 위해 세상을
매몰차게 아등바등 살아가는 우리네 모습과
별반 다르지 않더라

두메산골

그리움이 날 에워싸고 가끔
꿈결에 어느 숲속 오솔길을 정처 없이
거닐거나 해풍이 불어대는 낯선 바닷가
금모랫빛 언덕을 까닭 없이 헤맬 때도 있었죠

그러던 어느 날 문득 삶에 소외疏外를 느껴
부끄러운 욕심도 한 짐의 번뇌도 바로 내던지고
초행길에 준령도 두어 개 넘고 종알대는
여울물을 건너 궁금증을 안고 물어물어 청옥산
휴양림*엘 찾아갔었지

마음을 비우고 우선 하늘 아래 그곳 산골에
가보실래요?

더럽혀진 세속의 때도 맑게 씻기어진 거긴
인적마저 뜸한 첩첩 두메산골인지라
농익은 초록 숲 사이로

햇빛이 얼굴을 드물게 내밀고
멧새도 산세의 운치에 더없이 풍류를 즐기며

어둠이 번진 적막한 저 하늘에 빛나는 별들도
후덕한 마음으로 언제나 깍듯이 받아주는 곳,
두말이 필요 없다 그래서 신神도
탐을 낸 영이 깃든 신성한 피난처랍니다

오, 신이시여,
신선이 노닐던 맑고 깨끗한 외딴 산골에서
편히 누릴 수 있도록 꽃이 피고 우듬지 새순이
돋아나는 그쯤 해서 자비의 물가 그곳으로
날 불러다오

* 경북 봉화군 석포면 청옥로에 소재.

삶과 죽음 사이

찔레꽃 향기가 유난히 진한 산길에
하현달 등에 업고 꼭두며 만장을 앞세워
먼 길 떠나는 꽃상여 행렬을 우연히 보았다

삶과 죽음 사이 누렸던
부와 명예 권력과 명성 하고많은 인연도
그리고 이 세상에서 좋다는 것 다 버리고
다시는 돌아올 수 없는 피안의 북망길로
속절없이 떠나는 혼백의 뒷모습에 숙연하고
허무해 두렵기만 하다

구슬프고 애잔한 상두꾼 소리에 서글픈
눈물을 감출 수가 없고 곡진했던 생을 등지고
떠난 죽음도 삶의 일부라지만 알 수 없는
죽음 앞에 홀씨가 되어 저세상으로 날아가는
혼백을 보노라니 그저 엄숙하더라

산다는 건,
그러니까 살아 있는 자에게는
죽음이 설령 예기치 못한 작별일지라도
이승과 헤어짐이 결코 영영 이별이 아니라
그건 모름지기 죽음을 초월한 이다음 생에서의
해후란 걸 우린 받아들여야 하느니라

망월동에는

지척에 무등산이
훤히 보이는 빛고을 망월동 묘지에는
한 많은 사연 안고 유명을 달리한 영혼들이
곤히 잠들어 있습니다

그곳은
목청 높여 민주화를 부르짖던 앳된 넋이며
명분 없이 죽음을 보약처럼 마시고
세상살이 싫다고 홀로이 세상을 등진 이
질기디질긴 짓눌리고 짓밟힌 천박한 삶을
살다 간 혼백들이 덩달아 잠든 땅으로 배 앓고
십 남매를 낳아 기르신 울 엄니 몰랑몰떡宅이
잠든 곳입니다

세상 떠날 때 속울음 삼키며 헤어진
당신께서 지하에서 하신 말
"자식새끼 열을 보기 좋게 키우면 무엇 하랴
타향살이 싫다는데 애시부터 누구 하나

안중에도 두는 놈이 없으니 말이지"

허구한 날 얼음장같이 차가운 곳에서
흙냄새 맡으며 고향 산천에 머리 둘 날만을
손꼽아 기다리십니다

게다가 망월동에 너무 오래 머물렀다며
"뒷산에 뻐꾸기 설리 울고 살구꽃이 피는
그리운 선산으로 언제쯤 갈 수 있으려나?"
세월 탓하시며 푸념 섞인 말로 안달을 하십니다

이를 어쩌나,
부끄럽고 솟구치는 죄스러움에
따스운 봄바람 불고 꾀꼬리 우는 그쯤
그토록 소원하시는 고향 산천으로 따로 뫼실까*
합니다

* 2023년 윤삼월에 고향 땅 선영으로 옮김.

오름

무엇 하나 모자람이 없는 오름,
그러니까 모양새로 봐선 산山인데도
어느 누구도 산이라 불러주는 이가 없으니
서글프지 않느뇨?

금방이라도 불을 토할 듯한
잘생긴 기생화산은 빼어난 경관을 이루고
영주 땅 곳곳에 다채로운 모양으로 펼쳐놓은
봉우리를 틈날 때마다 하나씩 오른들
삼백예순날이 훌쩍 지나고도 남을 게다

그런데 말이여,
자연 그대로 살아 있는 곶자왈의
탐방로를 따라 깊숙이 들어가려고 해도
웃자란 가시덤불이 지킴이 구실을 해 순렛길을
가로막고서 입산을 단호히 거부하니
아쉽기도 하다

근원을 알 수 없는 태곳적 이야기에 기대어
소금기 묻은 갯바람이 일러준 대로 군메오름*
산마루에 우뚝 서서 저 너른 바다를 숙연히
굽어보니

눈동자에 부딪치는 대자연의
유창流暢한 풍경 그 자체는 마치 불후의 명작
수채화도 같아 가히 환상적이다

밤하늘의 별들마저 수줍어하는 곳,
때 묻지 않은 그곳 대자연의 아름다운 도발은
신이 준 또 하나의 귀한 선물이더라

* 용왕의 아들이 선생에게 글을 배우기 위해 내를 옮기고 그 자리에 산이
솟게 했다는 설화가 전해 옴.

너섬을 떠나며

주먹만 한 메눈*을 이 가슴에 부리고
강바람이 유난히 사납게 불어대는 세모에
기별을 받고 정든 너섬을 떠나야 했다

봇짐을 꾸리는데 손때 묻은 집기며
정든 벗들을 그냥 두고 차마 돌아설 수 없는
설운 생이별이 못내 아쉽기만 하다

시詩가 좋아 사람이 좋아
더욱이 뜨겁게 정을 나누었던 곳,
소소한 속내를 거두려 해도 서운함을 감출 수
없고 미련 없이 돌아서려고 해도 풋사랑 같은
어설픈 그놈의 정 때문에 그리움과 아쉬움이
밀려와 차마 떠날 수 없구나

하늘 높이 치솟은 마천루에 푸짐한
시어詩語들을 펑펑 쏟아내던 너섬, 이제

아쉬운 마음 뒤로하고 홀연히 떠날까 한다

벗이여,
제 비록 잠시 헤어진다 한들
찬란한 봄 벚꽃 축제가 열리는 그쯤 해서
또다시 만날 걸 기약하며
그럼 안녕…

* 함박눈.

7부
요람에서 무덤까지

딱따구리

오색으로 한껏 멋을 부리고
자연 속 고운 질서를 거부한 채로 포르르
자취를 감춰버렸다

썩은 나무와 공생하며 날카로운 부리
튼튼한 두 다리로 날이면 날마다 사냥하던
용맹스러운 널 어딜 가야 다시 볼 수 있을까?
몸짓 발짓 휘파람 소리로 실컷 짝을 부르던
네가 떠나버린 숲은 너무 적막하다

누구에게도 버림받은 적이 없이 주목받던 네가
까닭 모를 숨겨놓은 비밀이 그리 많은 게냐,
침묵하며 몰래 숨어버린 너를 그 어디서
만나볼 수 있는 게야

기억 속에 친숙함도 지워버린 채
종적을 감춰 행방이 묘연한 네가 몹시 그립고
공연히 궁금해 느낌표가 그려진다

엉또폭포 앞에서

하늘만 뻐끔한 곳, 이미
숨겨진 이름으론 '작은 굴 입구'라 하고
인가人家 하나 없는 외딴곳에서
신비로움을 감추고 있다가 숨겨놓은
진경珍景을 드물게 볼 수 있다 하던데
그대는 아십니까?
맑게 갠 멀쩡한 날에는 한 톨의 눈물방울도
남지 않는 모습이다가 한바탕 비라도
쏟아지는 날이면 마법같이 우렁찬 울음을
마구 터트리는 폭포
거기 산자락에는 보도 듣도 못한 낯선 식물이
곳곳에 자라고 이역 마녘 향수鄕愁를 고스란히
옮겨놓아 사시장철 젊음을 간직한 채 공소한
서경을 볼 수 있지요
물안개 자욱한 기암절벽이며 기이한 절경에
그들만의 조화를 이루고
폭포수가 한바탕 울분을 터트리는 그때에
너의 진면목을 보러 또래 벗과 얼른 달려가마

요람에서 무덤까지

아시다시피 공리주의가 지닌 희망을 품고
요람에서 무덤까지 돌보아 준다는
공언한 말을 있는 그대로 순수히 믿고 싶지만
허울에 속고 살았다
주변을 한번 돌아보라 부러울 것 없이
풍요로만 길들여진 못난 젊은이들 일자리며
생生에 남겨놓은 건 대추나무에 연 걸리듯
부쩍 늘어나는 우라질 빚뿐이다
벌이가 시원찮고 등골 다 빠진 늙은이에게
해가 거듭될수록 널린 또 다른 걱정거리는
'수프가 식지 않는 거리에서 살고 싶다'는
구실로 얹혀사는 더부살이며
캥거루족 신세로 은근슬쩍 제집들 찾아든다
세상에 태어나 죽는 날까지 돌봐준다는
밑도 끝도 없는 무임승차 따위는
본질을 잃어버렸고 단물이 다 빠져 아예
기대할 수 없는 낡고 값싼 이념이란 것을 내사
이제야 비로소 알았다

어느 노부부

늙은 노부부 힘든 노동의 대가 품삯으로
푼푼이 모아둔 두툼한 전대를 허리에 차고
식은 밥 한술 뜨고 재 너머 읍내 장터로 나선다

떠들썩한 시장통 난전을 이리저리 구경하고
그 흔한 꽃무늬 몸뻬바지 하나 골라 팽팽한
줄다리기 끝에 흥정을 하곤
장터 국밥 한 그릇으로 고픈 배를 채우고
인근 우체국에 들러 빠듯한 살림에
씀씀이를 줄인 땀방울로 늦둥이 자식 놈에게
얼마간의 가용 돈과 학비를 부치고는
성치 못한 몸을 이끌고 읍내
병원에서 진료를 받곤 서둘러 약국을 찾아
전대 대신 두툼한 약봉지를 챙겨 들고
그림자 길어진 해 질 녘 버스정거장에서
졸음 섞인 고된 하루의 귀갓길을 재촉한다

삶이 왜,

오늘따라 이리 나른하고 약처럼 쓴가?

목로주점

늦은 귀갓길 밥벌이에 지친 몸을 이끌고
가파른 언덕배기 산 일 번지 달동네
남루한 포장마차를 찾았다
추위도 아랑곳하지 않고 꾸벅거리는 낡은
보안등의 희미한 불빛 너머로 벗들이 기다린다

어스름이 찾아들면 함께
어울려 살아온 질곡의 인생사며 세상 돌아가는
이야기꽃을 피우는 곳으로
오래전부터 정담을 나누던 사랑방이다

가끔 출출할 때 빠듯한 주머니를 털어
소주잔 부딪치며 회포를 푸는 별빛 정거장이고
덩달아 아낙들의 밤마실 장이기도 하다

목로 좌판엔 산낙지 오징어 닭발 곰장어
심지어는 빈대떡까지 없는 게 없이 산해진미로
거하게 차려진다

제 집주인을 마중 나온 복실이가
반갑다고 꼬리를 설레설레 흔들며 암팡지게
한바탕 짖어대더니만 발부리를 베개 삼아
쪼그려 앉아 입맛을 다신다

포장마차 주인장 그놈의 개새끼 얼씬거려
장사 방해된다며 곱지 않은 시선으로 괜한
분풀이를 해댄다

고작 살내만 맡아도 반가워 꼬리 치며
좋아죽는 젖비린내 나는 저 어린것에게
사람이나 짐승이나 심지어 풀 한 포기도 무릇
생명의 무게는 똑같다 하던데…

그런 목로주점도 변화의 물결을
피할 길이 없어 이제는 절간보다 더 조용한
추억 속으로 차츰 사라져 간다

분단, 슬프지 아니한가

수 세기를 홀로 흐르던 아리수는
아픈 상처를 끌어안고 도도히 흐르고
겨레의 한을 품은 만월대는 온데간데없이 잡초
무성한 폐허가 되어 낯선 풍경화로 남아 있다

독립한 지 어언 반세기가 지났건만
두 동강 난 허리, 비애의 역사는 전리의
잔상이 되고 말았다

동족상잔의 산물 버려진 비무장지대에는
국적을 알 수 없는 야생 노루 고라니 오소리가
터를 잡고 멸종 위기의 들짐승도 다시 돌아와
온 산을 활보하며 능청스레 뛰노는
동물의 왕국이 되었고

머언 북간도 저켠에 녹슨 철조망 너머로
날아든 수리 두루미 황조롱이 도래지로서

새들은 격의 없이 넘나들며 여전히
평화롭게 살아가는 실낙원이 되었건만
정녕 내 나라 이 땅의 주인은
발길 닿지 않은 빙허憑虛의 땅이 되었으니
오호, 갈라진 아픈 역사 슬프지 아니한가?

코스모스 만발한 드넓은 자유로 들녘에는
추수꾼의 모습이 한가롭기만 하고
평화를 갈망한 은류의 물결은 남에서 북으로
거침없이 오가고 싶어도 안타깝게 서로
왕래가 어렵도다

삼천리강산에 갈 향기 듬뿍 담아 평화가 깃든
풍경 저 북녘땅으로 날려 보내 잎새에 이는
바람에도 괴로워했던 시인에게 부끄럽지 않게
금 그어놓은 동토의 북녘땅에도 당장 새봄이
오도록 하자꾸나

여생은

어릴 적 나를 지배한 것은 질긴 가난이었다
어두운 시절의 긴 터널을 뚫고 쓴맛 단맛 다
겪으며 참으로 투박한 생을 살아왔다

무심한 세월이 물려준 굶주림에 허덕이며
끝내 힘든 고비를 뼈저리게 느낀 나지만
진저리 나는 가난에서 빠져나와 흙냄새 맡으며
채전밭 한 뙈기 일구는 것이 내가
원하는 한 가지 소망이요 조그마한 꿈이었다

내 살아온 삶을 되돌아보면 구차한 인생
누누이 속고 살고 때론 산다는 건
실은 외롭고 쓸쓸하고 고단한 것이기만 한데,
내 곁에는 쓰지 못한 시간들이 아직 더 남아 있다

그러기에 현실의 무거운 짐 잠시 뒤로하고
세상살이 이른바 구속으로부터 벗어나

조금 더 넉넉히 즐기다 아름답게 갈무리할까?

해서, 얼마 남지 않은 생의 끝자락
그래도 살아 있음에 참으로 감사하며

흙먼지로 가는 날까지
자신의 빛깔로 줏대 있게 누릴 건 누리고
만년을 자중자애自重自愛하며 그다음
삶의 종점인 무릉武陵으로 따로 갈까 하오

하얀 거짓말

함박눈 내리는 날
그 가시내
울며 떠나갔네
안타까운
노처녀
시집 안 간단
진실 같은
하얀 거짓말만 늘어놓고
걱정은 뒤로한 채
오간다는
한마디 말도 없이
홀연히
가버렸네
거참,
행여 난봉꾼과 눈이 맞아
뉘 몰래
시집이라도 간 걸까?

신세타령

거참, 여편네는
귀염둥이 손녀를 돌본다며 혼자 훌쩍 떠나고
휑한 빈집에는
가련한 나만 덩그러니 미아로 남겨져

찬 없는 맨밥에
삼시 세끼 끼니를 챙겨 먹느라 하루하루를
바쁘게 꾸려가며 산다

가슴 한켠에 찬바람이 쌩쌩 부는 나에게
똘망한 백구란 놈이
아짐찮게,
때마다 식은 밥이라도 챙겨 드시냐며
목울대를 곧장 하늘로 쳐들고 컹컹 짖어댄다

처량한 내 신세 그나마
속 깊은 니 땀시 조금은 위안慰安이 된다

잃어버린 파라다이스를 찾아서
– 정현의 시집 『장날』의 시 세계

황치복 문학평론가

1. 지상낙원으로 들어가는 문, 혹은 거룩한 마음

지상낙원이라든가 천국, 혹은 유토피아와 같은 용어로 통용되는 파라다이스에 대한 관념과 그에 대한 열망은 인류가 역사이전부터 지니고 있던 고유한 하나의 속성과 같은 것이었다. 아무런 고통도 없는 곳에서 지복천년의 행복한 삶을 누리고자하는 꿈은 인간의 가장 근원적이고도 원초적인 욕망인 셈이다. 이러한 사실은 창세기의 '에덴동산'을 비롯하여 그리스 신화의 아틀란티스, 그리고 수메르의 딜문을 비롯한 다양한 지명에서 그 실체를 확인할 수 있다. 또한 '황금시대'라든가 '요순시대', 혹은 태평성대라든가 대동사회라는 시대의 명칭과 이상적 사회에 대한 상상에서 구체화되기도 한다.

　이러한 파라다이스에 대한 열망은 물론 인간의 유한성과 불완전성에서 유래한다. 언젠가는 생을 마감해야 한다는 것, 그리고 찰나 동안 지속되는 삶 또한 언제나 결핍과 부재라는 불완전한 상태에 처할 수밖에 없다는 현실이 좀 더 완전하고 충만한 삶의 처지를 요구하고 있는 것이다. 그래서 인간이 생각하는 파라다이스의 환경은 대체로 시간이 흐르지 않아서 노화와 죽음이 없는 곳으로 설정되기도 하고, 언제나 봄날과 같이 온화하고 따스하며, 노동을 하지 않고도 먹을 것이 풍부한 지상낙원으로 상정되기도 한다.

　영국 태생의 리처드 해리스(Richard Harris, 1951~)라는 신화학자는 인류가 꿈꾸었던 지상낙원에 대해 고찰하면서 그의 저서인 『파라다이스Paradise』라는 책에서 그 유형을 여섯 가지로 분류한 바 있다. 아르카디아Arcadia, 유토피아Utopia, 밀레니엄Millennium, 헤스페리데스Hesperides, 엘리시온Elysion, 올림포스Olympos 등이 그것인데, 이러한 파라다이스는 각각 다른 유형과 변별되는 특징과 고유성을 지니고 있다.

　정현의 시인의 이번 시집에서 파라다이스에 대한 열망과 관련하여 가장 중요한 범주로 생각되는 아르카디아는 과거의 실낙원으로서 잃어버린 목가적이고 평화로운 낙원의 개념에 해당된다. 강물에는 젖과 꿀이 흐르고, 끝없이 펼쳐진 목초지에서 양들이 한가롭게 풀을 뜯고, 포도 등의 과일이 풍부한 벌판에서 자유롭고 평화로운 삶이 가능한 곳이 바로 아르카디아이다. 유토피아는 토머스 모어Thomas More가 이상적 사회를 주제로 저술했던 책 제목에서 유래한 것으로 공정하고 평등한 사회 시스템과 도덕적 완결성을 특징으로 하며, 이념적인 성향이 강한 것이 특징이다. 밀레니엄은 천년왕국으로 번역할 수 있는데, 이는 대홍수와 같은 세상의 종말 이후에 선택받은 사람들만 남아서 지복천년의 삶을 누릴 수 있다는 개념이며, 엘리시온이란 이승의 삶 반대편의 내세來世로서 사후에 신과 함께 근심 걱정 없는 영생을 누릴 수 있는 곳으로 사자死者의 나라인 하데스Hades가 가장 대표적인 사례가 된다. 헤스페리데스란 원래 고대 그리스 신화에서 황금 사과밭을 지키는 네 명의 공주의 이름인데, 이러한 어원에서 알 수 있는 것처럼 산 너머, 혹은 바다 건너 미지의 땅으로 존재하고 있다는 상상적인 완벽한 세상을 지칭한다. 올림포스란 인간이 접근할 수 없는 신성한 땅으로서 신들이 거주하는 천국이며 그리스의 12신이 상주한다는 올림포스산과 북유럽의 오딘 신이 거주한다는 이그드라실 속의 아스가르드가 대표적이다. 이 여섯 가지의 파라다이스는 다른 영역과 중첩되기도 하지만, 각각 고유한 변별점을 지니며 인류의 무한한 상상력을 자극해 왔다.

정현의 시인의 세 번째 시집인 『장날』에서 읽어낼 수 있는 가장 중요한 충동이 바로 이러한 파라다이스에 대한 열망이라고 할 수 있는데, 파라다이스에 대한 시인의 열정은 '아르카디아'라는 파라다이스의 개념에서 추측할 수 있듯이 더 이상 존재할 수 없는 목가적이고 전원적인 삶의 터전에 대한 짙은 향수에서 발원한다. 시인은 이제는 잃어버린 실낙원을 향한 안타까운 마음을 달래듯이 과거의 아름다웠던 세계를 상상적인 차원에서 복원하려고 하는 것이다.

시인이 잃어버린 파라다이스에 대해 강한 애착을 보이는 것은 단순히 과거에 대한 강한 향수를 지녔다는 것만으로는 설명이 되지 않는다. 과거에 대한 향수가 강하다고 하더라도 그러한 세계를 복원하려는 욕망은 좀 더 강렬한 원인을 필요로 하기 때문이다. 그러한 원인을 우리는 시인의 삶에 대한 태도에서 추론할 수 있는데, 무엇보다 세속적인 일상에서 벗어나 어떤 신성한 것을 찾으려는 시적 태도가 눈에 띈다. 에덴이라든가 딜문, 그리고 아스가르드 등의 파라다이스의 특징이 신적인 세계와 연결된다는 것, 그래서 그것은 신성하고 거룩한 땅으로 표현된다는 것을 생각해 보면, 시인의 이러한 태도가 곧 파라다이스에 대한 지향으로 연결된다는 것을 쉽게 짐작할 수 있다. 다음 시에서 이를 확인할 수 있다.

묵은 먼지를 털어내듯 벽두에

정결한 마음으로 찬미의 새해 첫날을

맞는 것은 성스러운 일이다

올해에는 해돋이를 어디

그리운 성산포에서 맞이할까?

신이 내린 일출봉 전망대에 오르면

멀리 해원에서 옷깃을 여미는

싸한 한기에 매운 추위를 느끼지만

수평선 너머로 이윽고 햇귀가 불끈

솟구쳐 오르는 그때,

굳은 심지로 한 해의 소망을 빌어본다

긴 하루를 보내고 해 지는 낙조를 바라보며

어제의 후회되고 버거운 일

서녘 하늘로 훨훨 날려버리고

가히 거룩한 새날을 따스하게 맞으리

그런 다음 새로운 마음으로 오늘보다

내일을 기약하며 나한테 주어진 길을

겸허히 따르리라

　-「해돋이」 전문

　한 해의 시작을 알리는 해돋이의 장면을 보면서 일 년의 삶
을 계획하는 작품이다. 으레 그렇듯이 한 해를 마감하는 연말

의 일몰이나 한 해의 시작을 알리는 새해의 일출은 하나의 신선한 사건으로서 그것을 대하는 사람들에게 유정한 생각을 불러일으킨다. 이 시에서 주목되는 것은 새로운 한 해의 시작을 맞이하면서 시인에게 부여된 한 해를 성스러운 것으로 수용한다는 점이다. "정결한 마음으로 찬미의 새해 첫날을/ 맞는 것은 성스러운 일이다"라는 표현을 비롯해서 "신이 내린 일출봉"이라든가 "가히 거룩한 새날을 따스하게 맞으리" 등의 표현들이 새로운 한 해에 부여된 신성한 의미와 그것을 맞이하는 시인의 경건한 마음을 선명히 드러내고 있다. '신'이라든가 '성스러운', 그리고 '거룩한' 등의 시어들이 세속적 가치를 초월한 지점에서 형성되는 어떤 신성한 의미와 가치를 표상해 주고 있는 것이다. 또한 일출이라는 사건을 대하는 시인의 시적 태도에서도 그러한 함의를 읽어낼 수 있는데, "정결한 마음으로 찬미의 새해"라는 표현에 담긴 조심스럽고 삼가는 태도라든가 "내일을 기약하며 나한테 주어진 길을/ 겸허히 따르리라"라는 표현에 담겨 있는 겸손하고 순응적인 태도 등이 일출이라는 사건에 담긴 신성한 의미를 강화하고 있으며, 새로운 한 해를 신성한 것으로 수용하는 시인의 시적 인식을 확인할 수 있다. 이러한 삶의 태도가 파라다이스에 대한 열망의 원초적 배경인 셈인데, 다음 작품에서도 이를 확인할 수 있다.

공양미 삼백 석에

효녀 심청이도 몸 팔려 가고

변심에 억울해하는

홍도도 울며불며 떠나간

가랑잎만 나뒹구는 무심한 세상

유독 되는 일도 없으니 글쎄,

살아서 무엇 하랴

혹여 여기보다 나을

피안의 용궁인지

아니면

천상에 남은

한두 자리 있거들랑

걱정 근심 두려움 차별도 없다는

천국에서

우매한 나 하나쯤

천국 시민으로 뿌리내려

편히 피정이라도 할까 보다

　-「별난 투정」 전문

'별난 투정'이라는 제목에서 알 수 있듯이, 세상과 삶에 대한 가벼운 불평과 성찰이 담겨 있는 작품이다. 이러한 작품에서 진지한 모색을 끌어내기는 어렵지만, 세상과 삶에 대한 시인의 소박한 시적 인식을 읽어낼 수는 있다. 효녀 심청이도 공양미 삼백 석에 팔려 갈 정도로 이 세계는 자본의 논리가 지배하고 있으며, 그로 인해 인권이 무시되고 있다는 것, 홍도가 배신에 울며 떠난 것처럼 신의와 의리가 땅에 떨어진 시대라는 것을 암시하고 있는 것이다. 이러한 상황에서 시인이 택하는 전략이란 "피안의 용궁"이라든지 "천상에 남은/ 한두 자리" 등에서 알 수 있는 것처럼 어떤 초월적인 세상으로의 귀의이다. 속악한 세속 너머에 있다는 피안으로 도피하는 것, 그래서 그곳에서 세속에 오염된 심신을 정화하는 것이 대안인 셈이다. 이러한 시인의 내면적 지향을 가장 잘 보여주는 시어가 바로 '피정'이라고 할 수 있는데, 피정避靜이란 일상생활에서 벗어나 성당이나 수도원 같은 곳에서 묵상이나 기도를 통하여 자신을 살피는 일을 의미한다. 그러니까 세속에서 벗어나 자신을 성찰하고 정화함으로써 마음의 평정에 도달하고자 하는 삶의 태도를 보이고 있는 것이다. 이러한 마음이 성스러운 시공으로서의 파라다이스를 꿈꾸는 토대가 될 것인데, 시인의 삶의 태도를 볼 수 있는 작품을 한 편 더 읽어보자.

고즈넉한 예배당 첨탑 위의 십자가에

저녁 햇살이 하나둘 몸을 풀고

신의 은총으로

무거운 짐 다 내려놓고

내 마음속에 평안함이 깃들 때,

드높은 종탑에서 간간이 울리는 거룩한

번제의 종소리는 이윽고

믿는 자에게 능치 못할 일이 없다시며,

마음이 가난한 자에게

어제나 오늘이나 복을 내리시고

사랑에 빚진 자에게는

빛으로 갑옷을 입혀주시고서

험한 세상 햇살보다 환히 밝혀주시도다

그러고도 삶의 굴레 속에서

하늘은 날더러 갈급한 영혼 구원받으라시고

세상은 날더러 또 이르시되 진실로

네 이웃을 너 자신과 같이 사랑하라신다

　－「구하라, 그러면 주실 것이다」 전문

　시적 공간을 가득 채우고 있는 분위기는 종교적인 경건함이
며, 그러한 경건함의 이면에는 삶에 대한 겸허한 자세가 함축
되어 있다. 시적 공간에 바둑돌처럼 놓여 있는 "십자가"라든가

"저녁 햇살"과 "신의 은총", 그리고 종탑의 종소리 등의 이미지들이 종교적 경건함으로 물들어 있는 세상의 분위기와 시인의 내면 풍경을 형성하고 있다. 이처럼 신의 축복으로 가득 찬 세상에서 시인이 느끼는 정서는 마음속의 평안함이라든가 신의 가르침에 대한 귀의의 공손함이다. "마음이 가난한 자에게/ 어제나 오늘이나 복을 내리시고"라는 표현, 그리고 "사랑에 빚진 자에게는/ 빛으로 갑옷을 입혀주시고서"라는 표현들이 하나님의 가르침과 약속에 대한 시인의 절대적 신뢰와 믿음을 함축하고 있다. 그래서 "네 이웃을 너 자신과 같이 사랑하라신다"라는 구절은 하나님의 근본적인 가르침이기도 하지만 자신의 삶이 의지하는 가장 중요한 신념으로 읽히기도 한다. 그러니까 이 시는 시인이 종교적 가르침에 대해 절대적인 신뢰를 가지고 있으며, 신 앞에 자신을 겸손하게 낮추는 공손한 태도로 삶에 임하고 있음을 보여주고 있다. 이러한 겸허한 자세가 지상낙원으로 들어가는 좁은 문을 열어젖히게 한다. 시인이 상정하는 파라다이스는 어떤 모습일까?

2. 시인의 파라다이스, 혹은 하모니의 세상

　　사립문을 열고 들어서면

살뜰한 사랑이 허물을 가리고

밤이면 흐린 호롱불 아래에서 단란하게

웃음꽃이 피고 뜨끈히 덥혀진 아랫목이

종종 그리워지는 곳,

노을 비낀 해 질 무렵이면

밥 짓는 연기가 모락모락 피어오르고

누추한 오두막 토방에선

어린 삽살개 마중 나와 꼬리를 흔들며

친히 반기고 먼 데서 수탉 우는 소리가

아련히 들리는 고금古今의 익숙한 숨결들…

아, 지금은 아무도 살지 않는 그리운 옛집

잠시 잊고 지낸 내 유년의 감물로 얼룩진

지울 수 없는 추억이며 배고픈 새들이

까치밥을 쪼아 먹던 마당가 내 소꿉동무

땡감나무와 탱자나무 울타리 밑에 구절초는

피었는지 새삼 궁금하다

　－「그리운 옛집」전문

　사실 이 시에 그려진 파라다이스적 세계란 근대화를 경험하기 이전에 우리 민족이 향유했던 전통적 삶의 터전과 다르지 않다. 그곳에는 가족들 사이에 따스한 정이 넘치는 공동체적 가치가 자리 잡고 있고, 삽살개라든가 수탉이 사람과 함께 어우러져 평화롭고 단조로운 삶을 살아가는 일상이 존재한다. 또한 그곳에는 "흐린 호롱불"이 어슴푸레하게 빛나며 포근한 밤을 은은히 비추는 풍경이 있고, "노을 비낀 해 질 무렵이면/ 밥 짓는 연기가 모락모락 피어오르"는 한가롭고 평화로운 정경이 펼쳐진다. 그리고 "배고픈 새들"을 위한 배려와 공감의 마음이 마련해 둔 "까치밥"이 청명한 가을 하늘을 배경으로 빨갛게 익어가고 있는 풍경이 후경으로 자리 잡고 있기도 하다. 물론 가을의 정취를 돋우는 구절초가 땡감나무와 탱자나무 울타리 밑에서 청초하게 그 자태를 뽐내고 있기도 하다.

시인은 이러한 풍경과 정취를 총체적으로 표현해서 "아련히 들리는 고금의 익숙한 숨결들…"이라고 하면서 그러한 모습에 우리 민족의 혼과 같은 정신적 가치를 부여하기도 한다. 그러한 모습이란 사실 지금은 잃어버린 낙원으로서, 하늘의 별을 바라보며 가야 할 길을 타진하던 시절, 인간과 자연이 혼융 일체가 되어 세상을 엮어나가던 그러한 실낙원의 세계라고 할 수 있다. 어떠한 상실이나 결핍도 없고, 정서적 불안이나 강박이 없던 시절, 모든 것이 완벽하게 돌아가던 그러한 세계라는 점에서 그것은 우리가 잃어버린 파라다이스라고 할 수 있는 것이다. 시인은 과거의 기억을 되살리면서 우리가 잃어버린 세상을 구상적으로 환기하는 셈이다.

인간과 자연, 식물과 동물들이 서로 얽혀서 완벽한 세계를 이루던 파라다이스에 대해서 시인은 다른 작품에서 "봄이면 도처에 매향梅香 가득 퍼지고/ 널따란 들녘에 송아지 한가로이 풀을 뜯고/ 서럽게 흐르는 강둑 너머로 드물게 물오리 떼/ 무리 지어 넘나들며 구름도 쉬어 가는 곳"(「망향望鄕」)이라고 하면서 다시금 아련한 회상의 풍경을 펼쳐놓기도 한다. 매화 향 가득 퍼지는 벌판에 송아지와 물오리 떼가 하모니를 이루고 하늘에는 구름이 쉬고 있는 곳으로서의 낙원의 모습이 아름답게 그려지고 있다. 하지만 무엇보다 욕망의 주체인 인간들이 서로 화목한 정경을 이루는 모습이야말로 낙원의 진정한 모습일 것이다.

산굽이 돌아 외딴곳

지심을 뚫고 솟구쳐 오르는 우물이기에

어떤 가뭄에도 마르지 않던 통새미

오래전부터 신비한 영험靈驗이 있다 하여

일찍이 유서 깊은 약수터로

산 좋고 물 맑아 약속의 땅으로

널리 알려졌건만 두레박에 버들잎 띄워

물 한 모금으로 목을 축였던 기억만 남기고

감쪽같이 사라지나니 마음이 아리다

윗우물에서 넘친 물이

턱밑에 또 다른 빨래터를 만들어

아낙들이 열띤 수다를 떠는 사랑방으로

많은 사연 낳게 한 소문지이고

인정이 거래되는 나눔의 장터이기도 했지

헌데 허공 어드메로

게 눈 감추듯 물길이 끊긴 허무함에

콧등이 시큰거려 이리 눈시울이 적셔진다

　　－「통새미」전문

　'통새미'란 마을의 공동 우물을 지칭한다. 신화에서 우물 혹
은 샘은 생명의 원천으로서 생명이 발원하는 기점이기도 했다.
또한 그것은 북유럽 신화의 오딘에게 그러했던 것처럼 지혜를
얻는 근원이기도 하고 젊음을 회복하는 회춘의 기적이기도 했
다. 그것은 우주목宇宙木처럼 세상의 배꼽으로서 우주의 중심
이기도 했으며, 세상의 배꼽으로서의 우주의 중심은 세속과 영
지를 연결하는 경계이기에 성스러운 세계로 들어가는 문이기
도 했다. 이 시의 통새미 또한 마을 주민들에게는 세상의 중심
으로서 성스러운 공간으로 기능한다. 그곳은 "신비한 영험이
있"는 곳이며, 그래서 "약속의 땅으로" 인식되고 있다. 마을의
공동 우물인 통새미는 세속적인 장소와 달리 성별된 공간으로

서 신성한 가치를 지니고 있는 것이다.

마을의 공동 우물인 통새미가 신성한 의미를 지니게 된 것은 그곳이 "아낙들이 열띤 수다를 떠는 사랑방"의 역할을 할 뿐만 아니라 "많은 사연 낳게 한 소문지"이며, "인정이 거래되는 나눔의 장터"이기도 하기 때문이다. 통새미는 마을 주민들이 서로 의견을 교환하는 공론장의 역할을 했을 뿐만 아니라 커뮤니케이션의 매개체로서 소통의 장이었으며, 공동체적 삶의 가치가 공유되는 곳으로서 마을의 수호 나무가 그리했던 것처럼 그 마을이 하나의 완벽한 세상이 되도록 하는 기능을 담당했다. 뭇 인민들의 삶의 터전이자 토대의 역할을 하는 우물이 신성하지 않을 이유가 없는 것이다. 정현의 시인의 파라다이스는 이처럼 한 개인의 삶의 차원을 뛰어넘는 집단적 가치를 담보하고 있기에 성스러운 성격을 지닐 수 있는 것이다. 하지만 다음 작품처럼 우리 선조들의 얼과 혼이 스며 있는 곳이야말로 진정한 파라다이스일 수 있다.

예스러움을 그대로 간직한 고택은
올곧은 선비처럼 세월이 비켜 간 검소함을
덤으로 고스란히 느낄 수 있다
살짝 열린 게으른 들창 틈새로 월광이
솔곳이 스며들어 환해진 방 안은

그로 선량한 눈꺼풀이 스르르 열리고

맑게 흐르는 자연의 물소리 바람 소리에

물꼬 트인 귀가 소곳해진다

은은한 달빛이 다투어 문살 사이로 얼비치고

백설기 같은 송이 눈이 밤사이 풀풀

내리는 날엔 품격 높은 절제미를

간간이 꿈에도 느끼게 하데요

세월의 풍상風霜으로

잊힌 선인들의 손때 묻은 숨결이며

절제미가 밴 멋스러움에 상서롭고 근엄한

그런 집 내 생에 꼭 하나 가져봤으면

－「고택」 전문

이 시의 마지막 부분 "그런 집 내 생에 꼭 하나 가져봤으면"
이라고 하는 대목에서 알 수 있듯이 '고택'이야말로 시인이 추
구하는 진정한 파라다이스라고 할 만한데, 고택이라는 공간
이 이처럼 시인을 사로잡는 것은 그곳에 선비의 혼과 절제미라
는 아름다움이 있기 때문이다. 시인이 묘사하는 것처럼 고택
은 "예스러움을 그대로 간직"하고 있으며, 그래서 그곳에는 "올
곧은 선비"들이 체현하고 있었던 삶의 태도로서의 "검소함"이
고스란히 남아 있고, 그로 인해서 "품격 높은 절제미"를 느끼게

한다. 시인은 좀 더 구체적으로 고택이 지닌 정취와 혼에 대해서 "잊힌 선인들의 손때 묻은 숨결"이라고 표현하면서 우리 조상들의 삶의 흔적과 정신이 새겨져 있음을 암시한다. 선인들의 숨결이 묻어 있기에 고택은 신성할 수밖에 없는데, 시인은 이를 "상서롭고 근엄"하다고 하면서 고택이 지닌 성스러운 성질과 엄숙한 정경을 강조하고 있다.

더욱 주목되는 것은 "절제미가 밴 멋스러움에 상서롭고 근엄한" 파라다이스로서의 고택이 시인의 눈과 귀를 트이게 해준다는 점이다. 시인은 "들창 틈새로" 스며든 "월광"으로 인해서 "선량한 눈꺼풀이 스르르 열"린다고 표현하기도 하고, "맑게 흐르는 자연의 물소리 바람 소리에/ 물꼬 트인 귀가 소곳해진다"라고 표현하고 있다. 물론 이러한 표현은 자연과 동화되어 살아가는 우리 조상들의 삶의 모습을 강조하기 위한 것이기는 하지만, 달빛에 눈이 트이고, 물소리 바람 소리에 귀가 트인다는 표현은 예사롭지 않다. 그것은 북유럽 신화의 오딘이 이미르가 지키는 샘물을 마시고 지혜를 얻었다든가 인도의 수많은 신들과 영웅들이 수행을 통해서 새로운 존재로 거듭나게 되었다는 신화를 연상케 한다. 성스러운 장소로서 고택은 시인으로 하여금 존재의 갱신과 새로운 깨달음의 경지로 나아가게 할 수 있다는 점에서 파라다이스의 진정한 의미가 있는지도 모른다.

3. 파라다이스가 품고 있는 존재와 가치들

지금까지 우리는 정현의 시인이 추구하는 지상낙원에 들어가기 위한 삶의 자세, 그리고 그러한 낙원이 지니고 있는 다양한 속성과 가치에 대해서 살펴보았다. 경건하고 겸손한 자세로 성스러운 가치를 존중하는 마음, 그리고 끊임없는 자기 성찰을 통한 내면의 정화가 파라다이스로 들어가는 문을 열어줄 것이라는 사실을 확인할 수 있었다. 또한 거룩한 장소로서의 파라다이스는 자연과 인간이 동화되어 살아가는 세상, 그리고 인간들이 공동체적 가치와 더불어 사는 삶의 의미를 체현하는 곳이라는 것을 알 수 있었다. 무엇보다 선인들의 숨결과 영혼이 배어 있는 곳으로서 상서롭고 근엄한 성격을 지닌 곳이 시인이 닿고자 하는 파라다이스의 세계임을 확인할 수 있었다. 그렇다면 시인이 추구하는 파라다이스에는 구체적으로 어떤 것들이 존재하는가? 무엇보다 거기에는 우주목宇宙木 혹은 세계수世界樹로서의 당산나무가 있다.

젖과 꿀이 흐르고

그 옛날 늙으신 부모님이 살던

내 고향 동구洞口에 고집스럽게 서서

타향살이 멀리하고 빈손으로 낙향한 이에게

불편한 진실을 감춰주고 두 팔 벌려

오! 아무개 아닌가 하며 버선발로

한달음에 달려 나와 친히 반기던 너는

때로 찌는 더위에 농부가 논갈이하다

쉼표의 시간이 되면 초록이 흐르는 그늘에서

간간이 땀을 식혀주는 쉼터가 되지요

청춘을 허비하고 비록 몰락한 몸으로

돌아온 탕자에게도

먼발치에서 대번에 알아보고

아따! 얼마 만인가 하며 푸근히 맞아주며

천년배기 주목처럼 장수하며 부절히 살자는

아짐찮은 말만 전한다

코흘리개 적에 허물없이 지낸 노거목 느티가…

    −「막역지우」전문

전근대사회에서 마을 동구에 자리 잡고 있던 당산나무로서 팽나무나 느티나무, 혹은 회화나무나 은행나무 등은 마을의 수호신이라고 여겨서 각별히 모시며 제사를 지내주던 나무였다. 이 시에서 "코흘리개 적에 허물없이 지낸 노거목 느티"나무가 바로 그러한 당산나무라고 할 수 있는데, 이 당산나무는 바로 신화에서 말하는 우주목에 해당된다. 우주나무는 세상의 배꼽으로서 다양한 영역을 넘나들 수 있는 경계이자 세상이 시작되는 기원이기도 했다. 이 시에 등장하는 노거목 느티란 바로 마을 밖의 잡귀나 질병들이 마을 안으로 들어오지 못하도록 함으로써 마을 공동체를 신성한 영역으로 만들어주는 역할을 하고 있다. 하지만 "젖과 꿀이 흐르"는 파라다이스로서의 마을 공동체를 지키는 우주목인 느티나무가 구체적으로 발휘하는 역량은 인생을 탕진하고 귀향하는 이에게 공감과 위로를 전해주는 포용력이다. 또한 그것은 더위와 노동으로 지친 농부들에게 "초록이 흐르는 그늘"을 제공해 주는 오아시스와 같은 역할을 하기도 한다. 그것은 "천년배기 주목처럼 장수하"면서 마을의 역사를 자신의 나이테로 저장하고 있다는 점에서 마을의 살아 있는 증인으로서 영험한 것이기도 하다. 이러한 우주목이 있는 고향이 파라다이스가 아닐 수 없는데, 빼어난 선경仙境을 지닌 풍광 또한 파라다이스의 주요한 속성이다.

장엄한 산자락에
거대한 운해가 널리 펼쳐지고
심산계곡을 휘감으며 흐르는 운해는
가까운 연봉 사이로 구름 강을 이루어
발아래로 도도히 흐르도다
햇빛에 속살이 드러난 산등성이에는

청초한 들꽃 들국화 쑥부쟁이 구절초가

무리 지어 해맑은 얼굴을 내밀고

맑고 은은한 풍경 소리가 산사山寺를 휘감곤

자욱했던 운무가 서서히 걷히면서

형언할 수 없는 변신이 아주 신비롭다

구름을 밀쳐 하늘이 환해진 산 중턱엔

가을 햇살이 비쳐 하루가 다르게

한껏 붉어진 갈잎에

저마다 진한 가을 내로 화답하노니

멋들어진 산경山景에 빠진 동자승은

험한 산길 걷고 걸어도 자못 부럽다 하네

　　－「가을 산경」 전문

　"장엄한 산자락에/ 거대한 운해가" 펼쳐지고 "구름 강을 이루어/ 발아래로 도도히 흐르"는 산경山景은 다른 말로 선경仙境이라고 해도 틀리지 않을 것이다. 그곳은 신비로운 변신이 있는 곳이고, 온갖 사물과 생명들이 "저마다 진한 가을 내로 화답하"는 곳이기 때문이다. 그러니까 이곳은 온갖 사물과 생명들이 연출하는 하모니가 펼쳐지는 곳으로서 파라다이스인 셈이다. 구체적으로 이곳에는 "청초한 들꽃 들국화 쑥부쟁이 구절초"가 흐드러져 있으며, "맑고 은은한 풍경 소리가 산사를 휘감"고 있기도 하다. 또한 이곳은 가을 햇살이 "한껏 붉어진 갈잎"과 서로 화답하는 곳이기도 하며, 인간으로 등장한 "동자승" 또한 "멋들어진 산경에 빠"져서 동화되어 있기도 하다. 그러니까 파라다이스로서의 산경은 곧 존재하는 모든 존재자들이 서로 화답하며 조화를 이루는 화음和音의 세상인 셈이다. 시인은 청옥산의 자연 휴양림을 노래한 시편에서도 "어둠이 번진 적막한 저 하늘에 빛나는 별들도/ 후덕한 마음으로 언제나 깍듯이 받아주는 곳,/ 두말이 필요 없다 그래서 신神도/ 탐을 낸 영이 깃든 신성한 피난처랍니다"(「두메산골」)라고 하고 있는데, 신도 탐내고 영령이 깃든 곳으로서의 파라다이스의 속성을 선명히 드러내고 있다. 다음 작품은 파라다이스가 지닌 화음의 세계를 더욱 구상적으로 그려내고 있다.

귓가에 사뭇 사라진 고운 숨결들 가끔
애타게 기다려지는데 풀여치
푸르뎅뎅한 옷으로 잔뜩 멋을 부리고 어디선가
지줄대는 생명력 가득한 울음소리는
근근이 들리고

곡식 낟알 아파하는 신음도
아랑곳하지 않고 멍석에서 낟알 터는

도리깨질 소리 역시 점점 사라지는 것도

흐릿한 등잔불 아래에서 졸음과 싸우며
실타래 풀리듯이 물레 잣는 소리는
모진 시집살이 온갖 설움과 고단한 마음을
달래주는 위로의 가락이었지

고요한 한밤중에
기구한 세월을 한탄하며 두드리는
다듬이 소리는 나어린 수절 과부의 설움을
무던히 토해낸 피눈물이고 처절한 절규임이라

아, 귓전에 적셔놓은 두부 장수 핑경 소리도
찹쌀떡 사려 길게 외는 생생한 그 소리들
들릴 듯 말 듯 귓전에서 맴돌고 기억 속에
묻혀 흔적만 남긴 채
흘러간 세월 속에 앙금처럼 가라앉아 버렸네
　－「잊혀가는 소리」 전문

　이 시에 등장하는 소리들은 다양하고 풍부하다. 시적 공간
에서는 "지줄대는 생명력 가득한 울음소리"를 내는 "풀여치"의

소리, 그리고 "멍석에서 낟알 터는/ 도리깨질 소리", "흐릿한 등잔불 아래에서 졸음과 싸우며/ 실타래 풀리"는 듯한 "물레 잣는 소리", "기구한 세월을 한탄하며 두드리는/ 다듬이 소리" 등이 울려 퍼지고 있다. 또한 가난하면서도 풍요로운 삶의 현장을 반영하는 "두부 장수 핑경 소리"와 "찹쌀떡 사려 길게 외는 생생한 그 소리들"이 들려오기도 한다. 지금은 잃어버린 실낙원으로서의 과거의 회상 공간은 이처럼 온갖 소리들로 소란스럽지만, 그 은은한 소리들은 "온갖 설움과 고단한 마음을/ 달래주는 위로의 가락"으로 기능한다. 시인은 이러한 모든 소리들을 종합적으로 표현해서 "귓가에 사뭇 사라진 고운 숨결들"이라고 명명하는데, "고운 숨결들"이라는 표현 속에는 선인들의 삶의 정수로서의 혼이 담겨 있다. 그러니까 옛 시골 마을을 가득 채우고 있는 소리들은 곧 파라다이스의 신성한 공간에 충만한 화음들이었던 셈이다. 이제 마지막으로 시인이 추구하는 파라다이스를 그것이게 하는 핵심적인 요소로서 축제의 현장을 살펴보자.

닷새마다 어김없이 찾아오는 장날이면
매양 설렘이 있습니다
매일 있는 일은 아니지만 대목장을
기다림은 더 달콤합니다

재 너머 시오리 길 읍내 장에 따라가려고

울 엄니 치맛자락 붙들고 막무가내로 떼도

써보고 응석을 부리기도 했었지요 행여,

오늘은 무얼 사 오실까? 목이 빠지게 기다리며

진종일 보낸 적도 있었구요

괴벗은 옷 한 벌이라도 사 오실 적엔

잔칫날처럼 신이 나서 동네방네 자랑질

늘어놓던 철부지 시절이 생각납니다

더러는 주전부리 풀빵 뻥튀기라도 얻어먹을까?

마냥 기다려지던 배고픈 시절 장터 국밥

한 그릇에도 흐뭇함으로 가득했답니다

항간에 우리 곁에서 점점 사라져 가는 오일장

난전의 넉넉한 인심, 각설이패 와자하던

장터의 소소한 진풍경과 사람 냄새가 가끔은

그립습니다

  -「장날」전문

　물론 오일장이나 대목장은 "각설이패 와자하던/ 장터의 소
소한 진풍경"으로 인해서 축제의 장이라고도 할 수 있지만, 장
날 그 자체가 하나의 페스티벌이라고 할 수 있다. 그것은 단조
로운 일상에 균열을 가해서 신선한 일상을 만드는 단절이기도

하며, 노동에서 해방되어 풍요로운 산물을 만끽하는 향연이기도 하기 때문이다. 이 시에서 시인이 "매양 설렘이 있습니다"라고 하거나 "기다림은 더 달콤합니다"라고 표현하는 것은 그것이 곧 디오니소스 축제처럼 열광과 환희를 지니고 있기 때문이다. 특히 "잔칫날처럼 신이 나서 동네방네 자랑질/ 늘어놓던 철부지 시절이 생각납니다"라고 하면서 잔칫날과 같은 분위기와 흥분 상태를 강조하는 것은 장날의 이러한 축제적 성격을 부각하기 위한 것이다. 소소하고 소박한 것이기는 하지만, 장날 어머니가 사 오시는 "꾀벗은 옷 한 벌"이라든가 "주전부리 풀빵뻥튀기", 그리고 "배고픈 시절 장터 국밥" 등은 그야말로 풍요로운 선물이자 성찬이 아닐 수 없다. 축제란 무엇보다 결핍이 없는 것이며, 그렇기 때문에 이기적인 탐욕이 있을 수 없는 곳이다. 시인이 축제의 장에서 "넉넉한 인심"을 읽어내고 "사람 냄새"를 맡아내는 것은 축제의 충만한 성격 때문일 것이다. 특히 축제의 장날을 떠올리면서 시인이 동원하는 정서적 어휘들, 즉 '설렘'이라든가 '달콤함', '흐뭇함', '그리움' 등의 시어들은 축제의 장으로서 장날이라는 파라다이스를 향한 짙은 향수를 함축하고 있다.

지금까지 정현의 시인이 이번 시집에서 구축해 놓은 파라다이스의 다양한 이미지들을 통해서 그것이 담고 있는 풍요로운 가치와 의미를 살펴보았다. 시인이 그리고 있는 옛사람들의 전통적인 삶의 방식과 모습들은 어쩌면 상고 취미로 간주될 수도 있고 퇴행적인 사고방식으로 취급될 수도 있다. 하지만 시인이 그리고 있는 모습이 이미 지나가 버린 과거의 잔영이 아니라 우리 사회가 추구해야 할 '오래된 미래'라고 한다면 상황은 달라질 것이다. 성스럽고 거룩한 삶의 의미를 추구하는 것, 공동체적 가치를 중심으로 하여 모든 존재자들이 하모니를 이루는 세계는 결코 진부하거나 낡은 가치가 아니다. 그것은 오히려 속악한 가치에 찌든 현대인들의 영혼을 정화하고 갱생의 삶을 살 수 있도록 하는 오아시스와 같은 미래의 파라다이스가 될 수 있을지도 모른다.

장날

—

초판 1쇄 2024년 11월 8일
지은이 정현의
펴낸이 김영재
펴낸곳 책만드는집

—

주소 서울 마포구 양화로 3길 99, 4층 (04022)
전화 3142-1585·6
팩스 336-8908
전자우편 chaekjip@naver.com
출판등록 1994년 1월 13일 제10-927호
ⓒ 정현의, 2024

—

—

ISBN 978-89-7944-883-2 (04810)
ISBN 978-89-7944-354-7 (세트)